Chers parents,

Bouclez votre ceinture ! Vous allez bientô
votre enfant dans une aventure passionnar
Destination : la lecture autonome !

D1324572

Grâce au **Chemin de la lecture**, vous aide
y arriver sans peine. Le programme offre a̲_____ ̲̲s̲ ̲d̲e̲ ̲c̲i̲n̲q̲ niveaux,
appelés km, qui accompagneront votre enfant, de ses tout premiers essais
jusqu'à ce qu'il puisse lire seul sans problème. À chaque étape,
il découvrira des histoires captivantes et de superbes illustrations.

Je commence
Pour les enfants qui connaissent les lettres de l'alphabet et qui
ont hâte de commencer à lire.
• mots simples • rythmes amusants • gros caractères
• images éloquentes

Je lis avec un peu d'aide
Pour les enfants qui reconnaissent certains sons et qui en
devineront d'autres grâce à votre aide.
• phrases courtes • histoires prévisibles • intrigues simples

Je lis seul
Pour les enfants qui sont prêts à lire tout seuls des histoires simples.
• phrases plus longues • intrigues plus complexes
• dialogues simples

Mes premiers livres à chapitres
Pour les enfants qui sont prêts à affronter les livres divisés
en chapitres.
• petits chapitres • paragraphes courts • illustrations colorées

Les vrais livres à chapitres
Pour les enfants qui n'ont aucun mal à lire seuls.
• chapitres plus longs • quelques illustrations en noir et blanc

Pas besoin de se presser pour aller d'une étape à l'autre. **Le Chemin de la
lecture** ne s'adresse pas à des enfants d'un âge ni d'un niveau scolaire
particuliers. Chaque enfant progresse à son propre rythme : il gagne en
confiance et tire une grande fierté de pouvoir lire, peu importe son âge
ou son niveau scolaire.

Détendez-vous et profitez de votre voyage—sur Le Chemin de la lecture !

À mes petits envahisseurs de l'espace
S.A.

À Kurt Liesner, Jerry Moon,
Jeff Beith et Peter Martin – merci pour des
années d'amitié
N.E.

A GOLDEN BOOK • **New York**
Golden Books Publishing Company, Inc. New York, New York 10106

© 1998 Sarah Albee. Illustrations © 1998 Nate Evans.
Isbn version originale anglaise : 0-307-26202-2. Tous droits réservés.

© 2000 Les presses d'or (Canada) inc. pour la présente édition.
7875, Louis-H.-Lafontaine, Bureau 105
Anjou (Québec) Canada H1K 4E4
www.lespressesdor.com

Dépôts légaux 2ᵉ trimestre 2000.
Imprimé au Canada.   Isbn : 1-55225-212-4.

MON MEILLEUR AMI EST UN PEU SPÉCIAL

Textes : Sarah Albee
Illustrations : Nate Evans
Adaptation française : Le Groupe Syntagme inc.

Je m'appelle Marie.
Mon meilleur ami
s'appelle Victor.

Je lui ai téléphoné
cet après-midi.
« Viens dîner ce soir, lui
ai-je dit. Mon papa prépare
un pain de viande.

— Un pain de viande ! dit
Victor. J'arrive ! »

On sonne.

Maman ouvre la porte.

« Comment allez-vous,
Madame Côté ? » dit Victor.
Victor est très poli.

« C'est pour vous, dit-il.

— Des fleurs, dit maman.

Comme c'est gentil ! »

« Viens Victor,
allons jouer
dans ma chambre. »

Nous jouons au salon
de coiffure.

Nous jouons à des jeux vidéo.

Je gagne chaque fois.

Je lui montre
mon serpent.

Il me montre ses
super nouvelles
chaussures.

« À table ! » dit papa.

Nous descendons.

« Oh là là, dit Victor.

Du pain de viande ! »

Nous mangeons.

Puis Victor dit :

« J'ai une grosse surprise ! »

« J'ai perdu une dent ! »
dit-il.

« Une dent, dit papa.

Ah bon ! »

Après le dîner, nous jouons
dans le carré de sable.

Nous jouons
jusqu'au soir.

Puis, Victor appelle sa maman.

Elle vient le chercher.

«Merci pour le dîner, Monsieur et Madame Côté, dit Victor. Maman veut que j'invite Marie à la maison la prochaine fois!»

Je dis au revoir
à Victor.
Il décolle.

Demain, j'inviterai
peut-être mon amie
Julie.